# LETTRE

## D'UN

## PARISIEN,

## A SON AMI,

## EN PROVINCE,

*Sur le nouveau Spectacle des Eleves de l'Opéra, ouvert le 7 Janvier.*

---

La critique est aisée, & l'art est difficile.

---

Prix, 12 sols.

# A PARIS,

Chez les Marchands de Nouveautés , & audit Spectacle.

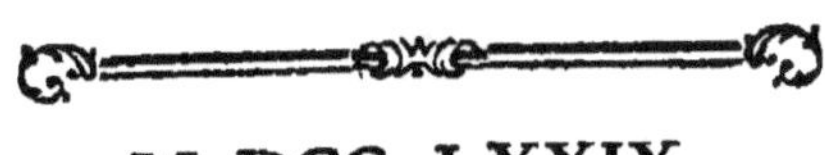

## M DCC LXXIX.

# AVERTISSEMENT.

CE n'est point ici un Eloge, encore moins
une Satyre; c'est l'amour du vrai qui a
fait éclore cette bagatelle, joint à l'intérêt
de l'Art Dramatique en France, & du progrès de la Danse & du Chant. De même
que l'on découvre les défauts, de même
on fait voir les beautés.

# LETTRE

## D'UN

## PARISIEN,

*Sur le nouveau Spectacle des Eleves de l'Opéra.*

MON Ami, voilà un nouveau Théatre établi dans notre Ville; cela fait le quatrieme Spectacle Forain (Nicolet, Audinot, Lécluse), sans compter les autres moindres auxquels les honnêtes gens ne font point attention : j'ose dire ici, qu'il y en auroit encore autant, qu'ils seroient tous remplis. La passion ou la folie du Théatre est portée aujourd'hui à son comble, & Paris est de la moitié plus grand que sous le regne de Louis XIV, où l'on en comptoit huit existans à la fois. Voici leurs noms tels que *Beauchamp* les rapporte : » le Théatre du Petit Bourbon, celui du Palais » Royal, celui du Marais, celui de la Cloche » d'argent, de la Croix blanche & de la rue Gué- » négaud, Hôtel de Bourgogne, & l'ancien Théa- » tre Italien «. J'ajouterai qu'alors le génie n'avoit point d'entraves ; ces différentes troupes jouoient prose & vers, vers & prose, tragique & comique,

A ij

felon que les Gens de Lettres vouloient bien leur confier la repréſentation de leurs Ouvrages. Reſſouviens-toi ſeulement, mon Ami, que la Phedre de *Racine* a été jouée par la troupe du Marais, & celle de Pradon à l'Hôtel de Bourgogne. S'il n'y avoit point eu alors deux Théatres pareils, la Scene Françoiſe auroit été privée d'un de ſes chefs-d'œuvre ; ô douleur ! C'eſt néanmoins ce qui peut arriver encore aujourd'hui, puiſqu'il n'y a qu'un Théatre qui jouit, dit-on, d'un privilége excluſif ; mais je reviens à celui dont je dois te parler : c'eſt un Spectacle Pantomime, un ſpectacle à machines ; en un mot, un Spectacle merveilleux, unique en ſon genre & inconnu à la Nation. Il faut entrer en matiere ; je commence.

*Les Eleves pour la danſe* de l'Opéra, ce Théatre attendu depuis ſi long-tems, ce Théatre ſi déſiré par les Amateurs, s'eſt enfin ouvert le Jeudi 7 Janvier 1779, par la premiere repréſentation de *Jéruſalem délivrée*, ou *Renaud & Armide*, Tragédie-Pantomime en quatre actes, dont je vais te rendre compte, mon Ami. D'abord je dois te donner la liſte des Perſonnages de la Piece, & des Sujets de l'un & de l'autre ſexe qui compoſent cette Troupe nouvelle & brillante.

| *Perſonnages.* | *Meſſieurs* |
|---|---|
| GODEFROY DE BOUILLON, | Bouvard. |
| BEAUDOIN, | Rudom. |
| EUSTACHE, | Gerard. |
| RENAUD, | Lebœuf. |

| *Personnages.* | *Messieurs* |
|---|---|
| Tancrede. | Bithemer, |
| Guelfe. | Duchemin. |
| Alcoste. | Varenne. |
| Ubalde. | Beauson. |
| Gernand. | Carlier. |
| Dudon. | *Idem.* |
| Le Solitaire. | Guerant. |
| Aumont. | *Idem.* |
| Le Sage Chanteur. | Fabre. |
| Guillaume, *Général de la flotte Génoise.* | Duval. |
| Le Chevalier Danois. | |
| Harrelie, *Hérault d'armes.* | Preaux. |
| Artemidore, *Comte de Vanbrock.* | Cantagrelle. |
| Gerard. | Chevalier. |
| Venceslas. | Fabre. |
| Gaston. | Hauteval. |
| Rodolphe. | Sonis. |
| Guillaume de Roussillon. | Deschamps. |
| Evard le Bavarrois. | Jacotot. |
| François Henry. | Auguste. |

| *Personnages.* | *Messieurs* |
|---|---|
| REMBAUD. | Borda. |
| O'. | Geuteau. |
| *Un Page de Godefroy.* | Lebœuf, C. |

*Charpentiers de l'armée.*

Les sieurs Milon, Cotato, Laforet, Ferrieres, Dussaut, Gounel, Delporte, Robert.

| *Chefs Sarrasins.* | *Messieurs* |
|---|---|
| LE GÉANT CYCLOPE. | Gueult. |
| OSMIDE, *Roi d'Afrique.* | Boson. |
| ALADIN, *Soudan d'Egypte.* | Douce. |
| SOLIMAN, *Soudan d'Illirie.* | Bouvard, A. |
| LUCIFER. | |
| ADRASTE, *Roi des Indes.* | |
| ALETE, *Ambassadeur d'E-gypte.* | Riviere. |
| IMEN. | |
| LE DÉSESPOIR. | Riviere. |
| HIDRAOT. | |
| PINDORE, *Hérault d'armes.* | Dussault, A. |
| ARMIDE. | Mdlle. Soph. Bidel. |
| CLORINDE. | Mdlle. Dautier. |

LA CONDUCTRICE.  
LA DISCORDE.  } M<sup>dlle</sup>. Desperes.  
LA VENGEANCE.

### Amazones.

Les Demoiselles Bonnefoi, Delile, Gabrielle, Adelaïde, Bourgoin, Hyacinte, Bino, Blachel, Bloche C.

### Soldats Sarrasins.

Les sieurs Gonnel, Milon, Robert, Delporte, Dois, Colato, Duffaut, Ferrieres, Laforet, Louis.

### Soldats Syriens.

Les sieurs Simon, Samboulet, Dubois, Ferrant, Vimeux, Lattache, Duci, Audri, Danton, Dominique, Bouvard C. Lioche.

### Démons.

Les sieurs Marchand A. Bruno, Goupi, Marchand C. Alexandre, Antoine, Boson C. Moreau, Angebert, Aubert.

Voici les noms des Personnages ; venons au sujet de la Tragédie-Pantomime.

A iv

## ACTE PREMIER.

Le théatre repréfente le camp de Godefroy de Bouillon : on voit enfuite, dans l'enfoncement, la ville de Jérufalem ; les armées viennent aux prifes ; les Infideles font vaincus ; il y a le combat fingulier de *Clorinde* & de *Tancrède*, qui eft de toute beauté, foit par la précifion, foit par l'exécution. Le Public a beaucoup applaudi ; & l'Acteur & l'Actrice méritent de grands éloges. Le tombeau de *Dudon* n'en mérite pas moins, ainfi que la marche lugubre de l'armée Chrétienne affemblée pour rendre les derniers devoirs à cet illuftre Capitaine.

Le Palais de *Lucifer* eft de la plus grande magnificence pour les décorations : c'eft une touche hardie ; le merveilleux qui s'y paffe, ne peut fe décrire. *Armide*, dont la beauté étonnante doit fervir aux deffeins de ce Prince des ténébres, qui veut s'oppofer aux fuccès des Chrétiens, *Armide*, dis-je, arrive & eft parée d'une ceinture magique, par l'Orgueil, la Flatterie, la Volupté & les Délices ; enfuite cette Princeffe monte fur un char, s'envole par les airs ; le tonnerre gronde, & tout s'évanouit.

Je dois te parler, mon Ami, du Ballet analogue, & dans le genre pittorefque, trés-bien exécuté par les Démons & les Paffions perfonnifiées.

## ACTE II.

C'eft tout uniment le fujet de la forêt enchantée, où les foldats travailleurs, envoyés par

*Godefrov* pour avoir les bois propres à la prise de Jérusalem, sont interrompus & effrayés par les Démons, les spectres & les fantômes, d'une part ; & de l'autre, par les cris plaintifs ou gémissemens des arbres, qui sont très-bien rendus par une Musique expressive & imitative du plus grand effet. Si nous rendons justice au Musicien, nous la devons aussi au Compositeur des Ballets qui sont tous très-bien dessinés, & que le Public a fort applaudis.

N'oublions pas non plus la scene attendrissante de *Tancrede*, qui reconnoît *Clorinde* tuée de sa propre main, où plutôt l'ombre de cette Amante infortunée qui semble venir lui reprocher son crime.

Voici le moment, mon Ami, où le Solitaire vient dire au Général que Renaud est le seul qui peut rompre le charme de la forêt enchantée. Ici commence l'intérêt de la Tragédie-Pantomime.

Renaud s'est exilé du camp, comme on l'a vu quelques scenes avant ; il faut le trouver. *Charles*, & *Ubalde* se chargent volontiers de la commission ; mais que d'entraves, que de difficultés ! Oui, mon Ami, c'est justement pour le plaisir & la satisfaction des yeux ; car c'est ce qui occasionne & entraîne tout le prestige & toute la magie de la chose dont le Public est fort content, sur-tout de l'Isle enchantée & des jardins voluptueux d'Armide.

Il y a un Ballet composé de plaisirs, de jeux & de Passions, qui est bien dessiné, bien exécuté & très-applaudi par les Connoisseurs.

## Acte III.

On voit le Palais d'Armide, qui eſt de toute
beauté ; ſeulement on ne le trouve pas aſſez éclairé.
Le théatre change, & repréſente un berceau de
roſes entrelacées de guirlandes. Armide, ſur un
banc de gazon, tient Renaud dans ſes bras. Celui-ci éperduement épris de ſes charmes, languit
dans le repos ; mais Ubalde ſaiſit l'inſtant favo-
rable pour lui préſenter le bouclier de diamant.
Ce héros s'y voit, & rougit de honte : une lettre
de Godefroy le décide entiérement, il part auſſi-
tôt. Je dois te parler, mon ami, d'un Ballet com-
poſé de Nymphes, d'Amours & de plaiſirs, for-
mant divers grouppes bien deſſinés, bien exécutés :
éloges dus, ſur ma parole, aux Danſeurs &
aux Danſeuſes.

Armide arrive toute effrayée, veut retenir Renaud qui, pour juſtifier ſon départ, lui donne la
lettre de Godefroy qui le preſſe de ſe rendre au
camp des Chrétiens. La douleur que cette tendre
Amante éprouve à cette lecture, la fait tomber éva-
nouie ; ce qui forme un ſpectacle des plus atten-
driſſans, & qui fait verſer des larmes à tous les
ſpectateurs ; auſſi l'Actrice rend-elle cette ſcene
avec feu & énergie.

Armide revenue à elle, la fureur dans les yeux,
évoque les Démons, qui, armés de flambeaux & de
torches allumées, forment un Ballet d'un genre
pittoreſque & fort applaudi. Enſuite la terre
tremble, le jour s'obſcurcit, le tonnerre gronde,
le Palais, embraſé par les flammes, s'écroule, &
une pluie d'or tombe à grands flots ; ce qui ter-
mine l'Acte à l'applaudiſſement général du Par-

terre & des Loges. Quelques perſonnes ſéveres auroient voulu que ce fût la fin de la Tragédie-Pantomime ; mais ce n'auroit point été Jéruſalem délivrée.

## ACTE IV.

Nous voyons encore ici le camp de Godefroy & la tente de ce Général, après la forêt enchantée, dont Renaud, révêtu d'un habit guerrier magnifique, va rompre le charme ; & les Soldats travailleurs alors peuvent couper les bois néceſſaires à la conſtruction des machines de guerre.

On ne doit point oublier un Ballet de Nymphes & de Dryades, avec des Faunes & Satyres. Cette variété plaît infiniment, & le mélange de danſe & d'action fait un effet merveilleux : auſſi applaudit-on beaucoup.

Enſuite on voit paroître Armide vêtue en Pallas, qui va joindre le Soudan d'Egypte. Après avoir rangé ſes troupes en bataille, elle donne le ſignal ; ſes guerriers la ſuivent, & marchent au bruit des inſtrumens militaires ; ce qui fait un coup de théatre admirable & fort applaudi.

La ſcene ſuivante ne l'eſt pas moins : c'eſt le triomphe de Renaud porté ſur un pavois, du conſentement général de toute l'armée : les acclamations & les cris de joie ſe mêlent au bruit des inſtrumens de guerre. O mon Ami ! ce n'eſt rien que de le décrire ; il faut le voir.

On apprend que le Soudan d'Egypte vole au ſecours de Jéruſalem ; les Guerriers ſe diſpoſent au combat : le théatre repréſente cette ville ; les Croiſés l'eſcaladent de toutes parts ; on diſtingue *Godefroy, Renaud & Tancrede* qui ſe battent en

Français , c'est tout dire. Sous leurs coups tombent & expirent le fier Soliman , le terrible Circassien , Argant , Adraste & Osmide , tous Chefs illustres des Sarrasins.

Dans cet intervalle, Armide , qui voit ses troupes fuyantes & dispersées , s'efforce de les ranimer ; mais ses efforts sont vains. La Ville Sainte livrée au plus cruel assaut, n'offre à ses yeux que murs qui s'écroulent, que corps sanglans , & que toits dévorés par les flammes. Les sons bruyans de la trompette , les cris aigus des combattans, la voix douloureuse & déchirante des vaincus, rendent ce spectacle encore plus horrible.

Cette fiere Princesse, ne voulant survivre à sa honte, prend un poignard & se tue. Renaud jette un cri ; son Amante se retourne & expire dans ses bras. Cette catastrophe est terrible & fait verser des larmes aux cœurs les moins sensibles ; en effet, c'est une Tragédie muette.

Il est inutile, mon Ami, de te répéter les éloges mérités de cette Tragédie-Pantomime ; l'Auteur ( M. Lebœuf ) paroît être versé dans la lecture des Poëtes, & plein de leur esprit : son imagination est fertile & brillante ; il doit nous en donner de plus belles, si toutefois cela se peut. Au reste , le Public ne sauroit trop l'encourager à ce travail qui va augmenter ses plaisirs, enrichir la Nation d'un nouveau genre de Poëme ou de Drame qu'on pourroit appeler Action muette, s'il m'est permis de le qualifier ainsi : en un mot, les Censeurs ne pourront jamais critiquer les paroles.

En général, on convient de la beauté de ce nouveau Spectacle, de la magnificence des habits, de la beauté des décorations, & des talens des

jeunes perſonnes de l'un & de l'autre ſexe ; mais
on craint que cela ne puiſſe ſe ſoutenir long-tems,
vu la dépenſe énorme qu'il faut faire tous les
jours. Les Entrepreneurs eſperent d'abord ſur
l'indulgence du Public, amateur du beau ; enſuite
ils n'épargneront rien pour contribuer à ſes plaiſirs. Il eſt vrai que l'expérience peut faire confirmer
mon dire. Je finirai par quelques bons mots jetés
au haſard : ſonges, mon Ami, que je ne ſuis ici
que narrateur. » On ne doit point s'étonner qu'il
» y ait peu de femmes , on ne parle point :
» cette Tragédie eſt ſans défauts ; il n'y a aucun
» mauvais vers ; l'intrigue eſt bien chaude , car il
» y a du feu ; les Acteurs & les Actrices ont une
» belle mémoire, il ne leur faut point de ſouffleur,
» &c. &c. &c «.

Le Public approuve beaucoup cette entrepriſe
des Eleves de l'Opéra pour la *Danſe* : pourquoi
n'en avoir point pour le *Chant* ? Alors ce ſeroit
une pépiniere pour ce premier Spectacle de la
Nation , qui y trouveroit ſon profit : ſans aller
chercher au loin des voix ſonores & brillantes, &
à ſi grands frais, on en trouveroit auprès de ſoi,
au ſein de la Capitale ; & pendant ce tems-là ,
le Public profiteroit du plaiſir extrême de voir for-
mer ſous ſes yeux, des Eleves de l'un & de l'autre
ſexe, pour la partie du Chant. Je ne doute point,
mon ami, que cette idée ne ſe réaliſe, & que le
Directeur de l'Opéra n'acquieſce à mon projet,
qui eſt tout à ſon avantage. On pourra objecter
que le privilége des Italiens s'y oppoſe : point du
tout ; ces Meſſieurs ſont des Acteurs formés , &
ceux-ci ne ſont que des commençans. D'ailleurs,
ces Meſſieurs ne ſavent que trop que les talens

( 14 )

sont rares & difficiles à acquérir, & qu'il faut
du tems à cet effet. Ces Messieurs donc ne feroient
aucune difficulté d'y acquiescer ; & si ces Messieurs
exigent de l'argent, on leur en donnera ; on ne veut
pas aller sur les droits des autres, mais on voudroit
contenter le Public : je compte étendre davan-
tage cette idée *.

Je t'entends me dire, mon Ami : c'est l'établissement de l'ancien Opéra-Comique. Cela se peut :
quel malheur y auroit-il à le faire revivre ? Un
certain Public le regrette encore tous les jours ; le
Parisien sur-tout, qui est vif, n'a vu qu'avec peine
s'éclipser ce genre qui avoit pris naissance chez lui,
pour faire place aux Ariettes : car je ne parle ici
que des *Ponts-neufs*, Vaudevilles & Airs des rues ;
alors le Français qui excelle dans l'art de tourner
un couplet, produira aux yeux de la Nation ce
qui lui a tant fait d'honneur autrefois, de l'avis
non-seulement de ses compatriotes, mais encore
des Etrangers. Oui, mon Ami, cet établissement
me semble encore, si je ne me trompe, tendre à
l'avantage des Lettres, au progrès de l'Art Dramatique & au profit des jeunes personnes de l'un
& l'autre sexe qui se destinent au théatre, & dont
les talens n'attendent que le moyen de se montrer,
mais qui rougiroient de paroître sur les tréteaux de
Nicolet, où regnent la balourdise & l'indécence
qui ne servent qu'à perpétuer le mauvais goût,
& qui n'existent qu'à la honte des mœurs & des
lumieres du dix-huitieme siecle. On imagine bien

---

* Voyez le Théatre de Famille, la Correspondance
Dramatique.

des Piéces fans Théatre, mais non pas un Théatre fans Piéces *.

A Dieu ne plaife, mon Ami, que je profcrive le Spectacle de l'*Ambigu-Comique*; c'eft le Théatre des ENFANS, & celui-ci le Théatre des ADOLESCENS. Ils peuvent exifter tous deux à la fois. Ce premier poffede un répertoire charmant de Piéces agréables qui annoncent le germe du talent, & qui font voir que la vraie Comédie n'eft point perdue. Je ne m'amuferai point à les citer; je nommerai feulement la derniere Comédie nouvelle, la *Muficomanie*.

Je ne doute point que les Gens de Lettres ne s'empreffent d'enrichir de leurs productions en vers ou en profe, le Théatre des Eleves de l'Opéra, qui fait grande fenfation dans notre Capitale, & que je t'invite, mon Ami, à venir voir au plutôt.

La Salle eft fur un plan circulaire à trois rangs de loges un peu baffes, dont le Public murmure, fur-tout les femmes ; l'avant-fcene eft quarrée, ornée de pilaftres : les ftatues de Thalie & de Therpficore font pofées fur un tronçon de colonne aux deux côtés.

Le plafond eft unique en fon genre, d'une richeffe immenfe. On apperçoit quatre tableaux voluptueux & d'un coloris charmant.

Les trois dernieres loges de chaque côté de l'avant-fcene font mal difpofées; les perfonnes n'y peuvent rien voir de profil, défaut que l'Architecte au-

------

* Tout Directeur de Troupe devroit bien fe mettre dans la tête que les Gens de Lettres feuls peuvent faire réuffir fon entreprife.

roit dû éviter. Les Gens de l'Art & les Connoisseurs y trouvent plusieurs autres fautes d'ajustement, & des vices de construction que le Public indulgent pardonne volontiers, à cause de la magnificence de la décoration intérieure de la Salle dont on a peu d'exemples. En entrant, les yeux sont éblouis par la richesse des peintures, sculptures & dorures : en un mot, tous les Artistes méritent les plus grands éloges ; & les Entrepreneurs de ce merveilleux Spectacle n'ont rien voulu épargner pour servir & satisfaire le Public connoisseur. Je t'invite encore, mon Ami, à le venir voir.

Je suis, &c.

*P. S.* Une nouvelle Actrice ( Mademoiselle Jenny ) a débuté dans le rôle d'Armide. Elle marque de grands talens, & a réuni tous les suffrages.